세상의 끝, 6월 29일

작가 안 성 훈

월드비전
Vision Society Member

2008년부터 월드비전, 유니세프,
굿네이버스, 세이브더칠드런을 통해

위기 아동 수술비 후원
위기 아동 생활비 후원
에이즈 치료 정기 후원
국내 아동 돕기 정기 후원
해외 아동 돕기 정기 후원
결식아동 도시락 정기 후원
난민 어린이 돕기 정기 후원

에티오피아, 캄보디아, 케냐, 가나,
우간다, 몽골, 인도네시아, 니제르

이외 개발 도상국의 빈곤한 아이들과
대한민국의 위기 아동들을 후원하고 있다.

✉ basquiat@outlook.com

1976년 4월 1일 태어나

1995년 6월 29일 삼풍백화점 사고로

스무 해 짧은 생을 살고 떠난 서민선(徐旼璿)


사고 전날 밤 미주 상가 카페에서

마지막 사랑으로 남자고 약속했던

나의 첫사랑 서민선(徐旼璿)에게

우리 약속의 증표로

이 책을 바칩니다


그로부터 26년의 세월이 지났지만

아직도 그대는 내 첫사랑이고

나는 여전히 그대의 마지막 사랑입니다


2021년 6월 29일

오늘도 같은 자리에서


안 성 훈

삼풍백화점 붕괴 사고로
사랑하는 애인, 가족, 친구를 잃고
매년 이맘때 6월이 아니더라도
내내 잊지 못하는 나처럼
먼저 떠난 이를 기억하는 당신께
깊은 위로를 전합니다

서민선(徐旼璿)

세상에 남겨진 것 하나 없는
오직 당신만을 위해 썼습니다

# 차 례

## 3 부 • 21시 23분

## 4 부 • 세상의 끝, 6월 29일

# 1부

첫사랑  서민선(涂旼璿)

## 첫사랑 서민선(徐旼璿)

얕은 잠에 꿈을 꾸었다

몸서리치게 그리운 애인을 만났고
신혼여행 가자고 했던 오사카에서
시도 때도 없이 함박웃음 짓고
좋아했던 철판 요리를 먹었다

잠에서 깨니
몸에서 짙게
연기 자욱한 냄새가 난다

다시 6월이 되었고
잠 못 이루는 날은
어김없이 시작되었다

너무나 보고 싶다

첫사랑 서민선(徐旼璿).

# 스무 살 서민선(徐旼璿)

뽀얗고 가녀린 얼굴
간지럽히던 얇은 손가락

큰 키 때문에 데이트할 때
굽이 높은 구두를 신지 않았고

샘플 화장품 가득했던 가방
긴 머리칼에 스치던 린스 향기

군대 다녀와서 취직하면
예쁜 가방 사 달라고 딱 한 번 졸랐어요

혼자되신 엄마에게 다정했던 내가
사랑스럽다며 두어 번 울곤 했지요

흙 맛이 나는 커피가 싫다며
카페에서 흰 우유 한 팩을 마셨어요
그래서 얼굴이 뽀얗게 빛났던가 봐요

스무 살 서민선(徐旼璿)을 기억하는 것은
이제 나밖에 없네요.

## 한강에서

내 품에 와락 하고 쏙 안기면
가끔 휘청거릴 정도였는데

편지 봉투에 담겨 한 줌도 안 되던
너를 내 손으로 한강에 흩뿌리던 날

잔잔하던 바람의 방향 금세 틀어져
매캐한 유골 가루로 범벅이 됐을 때

너는 내 곁을 떠나지 않겠구나
나는 누구도 만나지 못하겠구나
불현듯 생각했지만 확신이 들었다

눈물이 나는 것을 참지 못해
강바람이 세게 불어 그런 거라고
혼자 남겨진 엄마를 애써 위로했다

너를 털어 내지 않은 손으로 눈 비비며
부디 좋은 곳에서 다시 태어나렴
담백한 인사로 기막혔던 끝을 맞이하고

이모네 포장마차에서 쓴 소주 마시며
밤새 주인을 붙잡고 펑펑 울던 그날에
어쩜 그렇게 비가 징글징글하게 내리더라

오늘 새벽에도 비가 온다고 하더라.

# 26년의 밤

단단하게 심술 났는지
내내 쌀쌀맞은 6월의 밤에

회색빛 창을 연신 두드리고
기어이 내 앞에 떨어져 버린
눈부신 네 삶의 조각들

날카롭게 어긋났어도
찬란하게 아름다운 너는

격렬하게 왼쪽 가슴 긋고
어렵게 잠든 나를 눈뜨게 한다

손끝에 닿는 외풍 사이로
살아 있는 듯 스친 머리칼

가냘픈 그대의 떨림은
몸속 피가 되어 흐른다

다음 봄에도
그다음 여름에도
다음 생은 모를 일이지만

내게 남은 계절이 다 지나도
오직 너만 사랑하겠다

그런데 어디 있니
나의 26년.

## 다른 사랑

마주 앉은 당신은 앳된 스물
거기에 스물여섯 더해
중년이 되어 버렸다

홀로 26년 살아오며
노력하지 않아도 쉽게 풀리는 게 있었고
아무리 애를 써도 안 되는 게 있었다

디자인
오사카 여행
바이크
자동차

영화 출연
음악
뮤지컬
피규어(Figure)
연극

공부
안예슬
손목시계

기부
아프리카
죽어 가는 아이들을 살린 일
후원 아동 수술비

월드비전
유니세프
굿네이버스
세이브더칠드런

사진
소설
시(詩)
낭만
그레이스

김성희

사랑

스치듯 생각난 것들 나열하니
힘들고 어려운 것투성이인데
의외로 쉽게 풀린 게 많더라

사랑
그건 아무리 애써도 안 되더라
늘 엇나가고 바람처럼 스쳐 지나간다

다른 건 필요 없고
오직 사랑만 있으면 되는데

그 하나가 어렵더라
너 말고는 안 된다는 거겠지

끝내
어떻게든
안 되더라

사랑
오지나 말지.

# 안부

당신은 오늘
무엇을 하고 있습니까

같은 자리에 앉아 나는 당신을
마주 보고 있습니다

구름도 매일 찾아오는 나 때문에
지쳤는지 숨도 안 쉬고
크게 앓아누웠습니다

무수한 말을 쏟아 내며
아는 척을 해 보는데

한마디를
전할 수도
들을 수도
없네요

아무튼 나는 그럭저럭
못 지내고 있습니다.

## 바다에서

고된 마음에도 보고 싶어
3시간 운전해서 바다에 갔더니
파도에 실린 겨울바람 다가와
난데없이 얼굴을 철썩 때린다

누구도 없는 새벽
잿빛으로 둘러싸인 곳에서
우리가 좋아했던 김광석의 노래를 들었다

안타까움의 회상들은
슬픈 음색에 이끌려
한 발 한 발 큰 바다를 향해 나아간다

그저 받지 않고 주기만 하는
무형의 나날들은
끝내 이겨 내지 못해 깊숙이 들어간다

사랑은 연무처럼 다가왔다가
다친 마음을 한 번 더
태풍처럼 세게 할퀸다

고단한 연인은
거짓말이 뒤섞여 사라지고

물기 먹은 헤어짐이 눈을 스쳐
앞이 보이지 않아
멍하니 서 있을 수밖에 없었다

아무도 없는 곳에는
김광석의 슬픈 노래만 들렸고

바닷바람은 이르다며
썰물 때 물러갔다.

## 조명등

하루 아홉 번은 떠올리는 그이 얼굴
온종일 밥을 거르고 노동에 휘청거려도
새벽 동이 틀 때 되려 또렷하다

마주 앉으면 할 말을 잃어 고백도 못 하지
여느 때는 보고 싶어 떼를 써 볼까 싶다가도
그러기엔 우리 너무 일찍 헤어진 것이지

다시 손대지 말자고 했던 조니워커 블랙은
잔술 아닌 보틀로 어느새 테이블에 놓였고
어두컴컴한 취기는 매일 새벽 울게 만든다

천장 한쪽의 조명등이 나갔다고 말했는데
벌써 스무 날 지났어도 그대로인 걸 보면
주인도 나처럼 사랑 때문에 힘든 건가 싶다.

# 빨래

찝찝하게 며칠
오다 말다 내린 비는
아침에 그치고 내내 맑았는데

함께 앉았던 벤치는
늦은 밤에도 젖어 있네

그대 와 있는 듯
자연스레
마주 보고 싶었는데

종이 뭉치처럼 움푹 젖은 의자에
앉지도 못한 채 안절부절못하다가

남은 시간이 더는 없어
그냥 젖어 버렸다.

## 천년동안도(Live Jazz Club)

무대에서 노래하는 저이는
손님 하나뿐인데 애써 잘 부르고 있네

미안하지만 오늘은 이어폰을 끼고 있어요
조금 더 슬픈 노래를 들어야 취할 것만 같습니다

그런데 음악이 나오질 않는군요
이런 줄이 빠져 버렸지 뭐야
내 그럴 줄 알았어요

온종일 그이 생각에 정신 나가
이어폰 줄 빠진 것도 몰랐어요

그렇다면 다행이네요
처연하게 슬퍼하지 않아도 되니까

그러고 보니 아까부터
눈물 없이 들을 수 없던 노래는
이어폰이 아닌 무대 위
저이가 부르던 노래였군요

위스키 한 병을 혼자 다 비웠는데
아직 덜 취해서 그렇게 들린다면
뭐 그런 거겠지만.

재즈 보컬리스트 박하경 무대에 바침.

# 집시(Gypsy)

종일 비가 내립니다

습한 바람이 몸을 감싸더니
나의 체온을 슬그머니 더듬습니다

가뜩이나 사람 없는 평일 밤거리는
날이 궂어 손잡은 연인도 없습니다

집시가 되어 걸었습니다
얼마나 구질구질한지 모릅니다

비를 피해 카페에 갔는데
손님 하나 없어
반가웠는지 주인은

종일 비가 오면 커피 향이 죽는다며
쓸데없는 말로 위로를 전합니다

내 마음도 산미 풍부한
커피 벨트[1] 따라 죽어 갑니다

---

1) Coffee Belt. 커피나무가 자라기에 적합한 남위(南緯) 25도에서
   북위(北緯) 25도 사이에 있는 지대.

장마도 아닌데
구질구질하게 비가 내립니다.

## 사랑받는다는 건

사랑받는다는 건
약속한 것 있으므로

결국엔
그걸로 나를 괴롭히는 것.

# 사랑한다는 건

사랑한다는 건
약속한 것 있으므로

결국엔
자초해 나를 괴롭히는 것.

# 일기 예보

윈드 스크린 달린 채 세워진
이탈리아 바이크 쓰러지도록
심하게 바람 부는 날인데

하릴없이 걸었고
목적지도 없었다

풀리지 않게 꼬여 버린 이어폰에는
애달파서 울게 하는 파두[2] 음악만

편두통 심한 머릿속에선
하나의 사랑만 떠올랐다

모두의 사랑은
어디서부터 잘못된 걸까

년도
나이
계절 순서대로
포스트잇을 벽에 붙여 정리해 봤지만

---

2) Fado. 포르투갈의 대표적인 민요로 수도이자 항구 도시인 리스본의
   번화가에서 불리는 민중적인 노래이다. 운명, 숙명의 뜻을 지닌 파두
   는 리스본 민중의 삶을 노래한 민요로 구슬프고 서정적이다.

도대체 아무 결론 나질 않고
네 생각만 하염없었다

바람만이 심한 날이고
비는 오지 않을 거라 했는데

일기 예보에 또 속아
우산도 펴지 않고 비를 맞으며

단 하나의 사랑만 떠올렸다.

# 알람

오지 못할 당신이지만
하루 아홉 번은 생각합니다

그리워하지 않은 날이 없습니다
시간 맞춰 떠올린 날이 많았습니다

세상에 기억해 주는 사람
나뿐이라도 있어야 덜 슬플 테니까

잊을까 싶어 알람을 맞춥니다
굳이 이렇게까지 해야 하나 싶다가도

긴 세월이 강박증을 만들어
같은 자리 앉게 하고
벨 소리에 맞춰 생각나게 합니다

어쩌지 못하는 병(病)입니다.

## 영혼

진즉 세상을 떠난 사람들이
곁에 아직도 서성이고 있습니다

새벽마다 무슨 일이 벌어졌는지 모르겠습니다
그제는 너였다가 어제는 그였습니다

시간 지나면 자연스레 나아질 겁니다
걱정할 일 아니니까 신경 쓰지 마세요

위로를 전해 온 의사의 낱말 몇 개는
물에 빠진 듯 귓가에서 허우적댑니다

팔레트에 적신 물감처럼 색이 예쁜
알약 60일 치를 받았습니다

아직 힘든 걸 보니
오래 걸릴 것 같아요
더 예쁜 약은 없을까요
60일 치는 부족할 것 같아요

오오 안 됩니다
본인이 정말 위험하다 싶으면
응급실로 반드시 오셔야 합니다
알아들으셨죠 꼭이요 허허

다 죽게 생겼는데
갈 수나 있을까요

이 책을 사서 꼭 읽어 보세요
은사 교수님이 쓰신 책인데요
마음 정리에 도움이 될 겁니다

직접 쓰신 게 아니라 번역본인데요
읽어 봤지만 상관없는 내용입니다
다른 책을 권해 줄 수 있나요
더 예쁜 약은 정말 없나요
여전히 누군가 서성이고 있습니다

두 달 뒤에 권해 드리겠습니다
지금은 생각나는 책이 없네요
나머지는 밖에서 알려 드릴 겁니다

간호사와 제대로 말을 섞어 본 적 없는데
낯을 가리는 걸 뻔히 알고 있으면서
의사 선생님은 끝내 답을 주지 않네요

26년 지났는데 아직 모르겠습니다
예쁜 약을 골라내지 않고 잘 먹는데
몸이 말을 듣지 않습니다

술과 함께 먹지 말라고 했는데
라벨을 제거하지 않은 조니워커 블랙은
어찌해야 하나 끔뻑끔뻑 쳐다봅니다.

# 어땠을까

그날 죽지 않고 살았더라면
우리는 지금 헤어지지 않았을까

첫사랑의 약속을 안 했다면
다른 이와 결혼했을까

한 번도 싸우지 않았는데
내내 행복했을까

누구라도 생소한 이별 때문에
첫사랑을 놓지 못하는 것인지

어땠을까 생각하다가
결론 못 내 26년 흘려보냈다

첫사랑은 아픈 거라고
누나가 말했지만
끝내 버티지 못해

그녀도 결국
한마디를 남기지 않고
네가 떠난 날에 죽어 버렸다

환생하지 못한 걸까
곁에 아직도 머물러 있나

그렇지 않고서 이건 말이 안 된다
아무리 생각해도 내게 정말 가혹하다.

# 화차(火車)

무슨 조건이 필요한가요
사랑하는 마음이면 됐죠

아니요 그렇지가 않아요
마음이 전부는 아닙니다

그런가요
사랑을 달라는 게 아닌데
내게 부족한 것이 있군요

사연 없는 사람들
어디 산다고 들어 봤나요
밝은 척 애쓰며 사는 거죠

감추는 게 뭣 하나 없는데
어두워서 보이지 않는다니
화차에 올라 손을 흔듭니다

불구덩이로 들어가는 것
뻔히 알면서도
당신만 그리워하죠

건드리지 않을게요
그리워만 할 테니
걱정하지 말아요

바라보는 것도 안 되는군요
알겠어요
내색하지 않을게요

사랑은 늘 이렇게 힘드네요
영화 같은 사람이라니요
꿈속에서 또 잠자며 꿈을 꾸고

꺼지지 않는 화차에 올라
당신께 향하고 있습니다
여전히 뜨겁습니다

그래도 깨고 싶지 않습니다
살아 내는 것이 더 힘드니까.

## 세월의 상처

가을인가 하면 서리 내리고
나비 날아와 봄인가 하면
몇 년 만에 최악의 폭설 내린 겨울

아카시아꽃은 피고 지고
몸살감기에 옴짝달싹 못 하다가
26년 흘러 버렸다
해 놓은 것도 없이

누구도 사랑하지 않은 채
침묵만 있던 세월

가만있어도 돌아오는 6월 29일
삼풍백화점의 기억

소식도 없이 해외에서
외국 여자와 결혼하고
그럭저럭 사는 친구에게
안부를 전할
특별한 일 하나 없는데도

5월부터 속이 울렁거리고
꼬박 두 달 넘게 아파하며

7월 되어야 나아지니
도저히 사랑할 수 없었다

시간 지나면 괜찮을 거야
너무 그렇게 슬퍼하지 마
어차피 지나갈 사랑 아닐까

지들이 뭘 안다고 그러지
되도 않는 위로를 받고

아닌 줄 알면서
그러길 바랐건만

시간이 지나도 괜찮지가 않고
슬픔은 몸이 알아서 기억하며
사랑도 못 본 척 지나가지 않았다

상처는 그렇게 뼈를 드러내면서까지
낫지 않도록 세월을 깊이 파내 할퀸다.

# 사랑의 끝

맞고 틀리고는 생각하지 말아요
그냥 사랑하는 거예요

계산을 어떻게 하나요
산수가 아닌 걸요

본래 답이 없어 틀린 문제
사랑하다가 멈춰도 됩니다

끝을 어떻게 알겠습니까
매 순간 진심이면 되죠

세상에 태어나
조건 없이 주는 사랑
당신 하나면 그걸로 되었습니다

집착은 아니니까 오해하지 말아요
해를 끼친 것이 아무것도 없는 걸요

그럴듯한 대답을 했지만
사랑의 끝은 누구도 모를 일이다.

# 2부

## 오늘도 잘 버텼습니다

## 오늘도 잘 버렸습니다

오늘도 잘 버렸습니다
그러지 않으면 안 되니까요

밥은 여전히 먹지 않았지만
산미 풍부한 커피에 쿠키 한 조각

자정 무렵 같은 자리에서
당신 생각하며 혼자서 잘 버렸습니다

그이가 어둡다고 하네요
아니 괜찮다고 말했는데
짙은 그림자뿐이라고 합니다

애쓰며 잘 살고 있는데
표시가 제법 나는가 봅니다
당신 빈자리가 이렇게나 크네요

아무튼 나는
죽어 버리지 않고
오늘도 잘 버렸습니다.

# 나의 삶

괴로움을 자초하며 살고 있습니다
이렇게라도 하지 않으면
안타까운 그대 볼 낯이 없습니다

불행하게 살기로 작정을 했습니다
단단히 각오하지 않으면
첫사랑의 약속 깨 버릴까 두렵습니다

올해까지만 추모하고 그만둬야지
이제 내 인생을 살아야지
지금 이 순간을 사랑해야지

반복된 다짐을 26년 해 봤지만
결심한다고 되는 게 아니더군요
자초한 사랑인데 참 힘듭니다

그래도 우리 약속 지켰으니 되었죠
다시는 어떤 맹세도 하지 않겠어요
이러다 정말 미쳐 죽을 것만 같습니다.

## 고요

한마디도 하지 않은 날이다
어떤 말도 무의미하게 느껴졌다

걸려 오는 전화 몇 통 없었지만
받지 않았으며
문자에 답신하지 않고
읽지 않은 채 내버려 둔 것도 몇 개

말 한마디 하고 싶지 않은 날이더라
유독 생각나는 날이라서
혼자 있는 것이 좋겠다 싶어
커피 한 잔 사러 나가지도 않았다

여전히 혼자 남겨지겠지만
상처에 덧나는 말을 듣는 것보다
어떤 말도 섞지 않는 게 좋겠다

굳게 닫힌 창에서 바람 불어 돌아보니
등 뒤에 있던 고요가 위로하더라.

# 낯선 남자

어깨 위에 머물다가 그제
영영 떠났다

눈물인지 빗물인지 모르게
얼굴을 벅벅 닦아 낸다

손을 씻지 않고
차려 놓은 식탁에
툭 앉는다

26년 만에
고기반찬을 입에 넣는다

씹지도 않고 목구멍으로
꾸역꾸역 잘도 넘긴다

밥숟갈에
붉은 먼지가 떨어진다.

## 사랑의 약속

당신을 내가 몹시 사랑한다고 해서
당신이 나를 사랑할 이유는 없습니다

떠나기 전날 밤
서로에게 약속했기에
첫사랑을 지킬 뿐입니다

26년 세월은 길다고 합니다
다들 그만하면 되었다고 하네요

뭐가 되었다는 건지 알겠는데
아직 내가 안 되었습니다
안타깝다고 생각지는 마세요

그런데 당신
우리의 약속 잘 지키고 있나요

아니 진즉 환생했다면
그건 이야기가 좀 달라지는데

1995년 6월 29일 이후 태생인 누군가
나를 찾는 이 없는 걸 보면
환생하지 못했나 봅니다

왼쪽 어깨에 묵직하게
걸터앉아 있는 것을 알고 있습니다

원인을 몰라 고쳐지지 않는 관절염
어깨가 결려 그렇게 믿고 있습니다

착각인가요
환생해서 지금
다른 이를 사랑하고
누구에게 사랑받고 있나요

그렇다면 우리 약속
지키지 않아도 되니까
부디 당신만은 행복하세요

나는 괜찮습니다
내 사랑은 내가 알아서 하겠습니다

긴 세월 당신만을 사랑했다고 해서
당신이 나를 사랑할 이유는 없습니다.

## 부고(訃告)

내 삶은 내가 주인인데
내 인생에는 내가 아예 없습니다

핑계를 대는 것은 아니지만
더는 못하겠습니다

당신이 옭아맨 인생은 아닐 텐데
굳이 탓하기에도 늦었지만

사랑이 본래 그런 거 아닌가요
당신 때문만은 아닙니다

1년을 억지로 살아 내면 죽음을
2년 더 당기고 있는 느낌입니다

그래서 더는 못 하겠습니다
꿈에서 오늘도 내가 죽어 있네요.

# 다른 사연

힘든 것은 나뿐만이 아니더라
누구에게나 말 못 할 사연

겹겹이 시커멓게 먼지 쌓여 잠긴
서랍 속에 한두 개씩 넣고 살더라

너 아닌 누군가를 사랑하는 것은
몹시 어려운 일이더라

끝내는 인연 안 되게 만들더라
26년 세월도 이겨 내지 못하더라

사연을 애써 만들지 않아도
잠 못 자는 날이 많아지니

무수한 별과 바람이 곁에 모여
달과 함께 사연이 되더라

잠긴 서랍은 열지 말았어야지
버거운데 사연 하나 더 늘었다.

# 사랑의 증거

당신 이야기를 들려주었습니다
근심 걱정 있어 보인다고 묻길래

아 그런 사연이 있었군요
아 그래서 어두워 보였군요

나타나면 그림자는 검정투성이
늘 취한 듯 보인답니다

술 끊은 지 16년 되었는데
취한 듯 보이는 건
맨정신은 아니기 때문이겠죠

마시지 않아도 취해 있습니다
멀쩡하다면 그것도 정상 아닙니다

그런데 저기 잠시만요
생각해 보니 말이 좀 이상하네요

그림자는 본래 검정투성이 아닌가요
나만 그런 거 아니잖아요

다른 그림자는 색이 있던가요
그쪽이 제정신 아닌 거겠죠

누구라도 온전하게 어찌 살겠습니까
그게 더 이상하지 않겠습니까.

## 번지 점프

미련 남기지 않으려고
시(詩)를 씁니다

세상에 뭣 하나 두고 가지 못한
당신 이름 남겨 줘야지
안 그러면 후회만 하다 죽을 것 같습니다

사랑인지
미련인지
그냥 미련한 것인지

낭떠러지 끝의 번지 점프대
줄도 매지 않고
매일 양말 없는 상처투성이
발톱은 진즉 빠져 버렸습니다

바람의 결 따라 쓰러질 듯한데
아래는 송곳 같은 기암괴석뿐입니다

뭐라도 하지 않으면 죽을 것 같습니다
실은 내가 살고 싶어서 시(詩)를 씁니다.

## 새벽에

안개 속에서
얼음에 덮인
하얀 꽃잎에
별이 비친다

눈송인 건지
빗물인 건지
눈물인 건지
꿈속인 건지.

## 오사카에서

우울할 때
그리워하는 것이 아닙니다
행복한 때
화창한 날에 더 그립습니다

잠들어 있는 때가 아닌
깨어 있는
모든 순간에 당신이 있습니다

신혼여행 가자고 했던
오사카에 있으면
딴사람처럼 생기가 있습니다

벚꽃이 없는
오사카는 우울합니다

날이 굳어
무표정의 사람은 잘 피해야 합니다

여행자는 유독 눈에 띕니다
화가 나 있으니 조심해야 합니다

당신 얼굴 닮은
하얀 벚꽃이 없으면
어두움 짙어 우울합니다

그래서 약을 잘 챙겨야 합니다
정신을 차리지 못할 때가 많습니다

오사카에 갈 때 매번
약을 몇 봉지씩 빼먹어
길에서 한참 울었던 날이 있었습니다
약을 잘 챙기면 문제가 없습니다

오사카에 와 있습니다
벚꽃이 없는 계절입니다

거기가 어디든 내 온 생에 걸쳐
당신이 함께 있다고 생각합니다

그런데 만질 수는 없네요
벚꽃이 없어 약을 먹지 않았습니다.

## 벚꽃(さくら)

사쿠라(さくら)는 아름답고
세상의 무엇보다 빛이 난다

얇은 원피스 살랑살랑
무녀(巫女)의 춤처럼 흩날리더니
아스팔트로 투신하고
찢기어진 꽃잎으로
온통 붉게 물들인다

선녀(仙女)가 오사카를 보여 줬다
만개(滿開)한 사쿠라(さくら)가 있다고

오사카에 간다
당신 마중하러 간다.

# 사쿠라(サクラ)

사쿠라(サクラ)는 꽃을 피우지 못했다

이문동의 사쿠라(サクラ)
의정부의 사쿠라(サクラ)
오사카의 사쿠라(さくら)

모든 사랑의 끝은
그렇게 되어 버렸다 결국

어디서든 때 되면 다시 피우겠지만
나로서는 여전히 만날 수 없는 사람

첫사랑
벚꽃
사쿠라(さくら)
그녀
서민선
그리고 김성희

너무 보고 싶은 당신. 당신.
당신.

## 소녀에게

여린 몸을 처음 안았던 날

혈액 순환 안 되는 차가운 손
유난히 동그랗고 맑은 눈동자
향기로운 머리칼
연분홍 벚꽃 미소

정성스레 하나씩 보았습니다
진심 아닌 적이 없습니다

만질 수 없다는 건
무슨 말로 표현하는지 모르겠습니다

다른 시인의 책에서 본 문장으로도
베껴 쓸 수 없습니다

머리에는 온통
당신으로 가득하니
어떤 말도 생각나지 않습니다

나는 이제 어떻게 살아가나요.

# 사랑을 믿고 있나요

당신 떠나고 26년 흘렀습니다
죽어 버린 사람을 기다린 건 아닙니다

갈기갈기 찢어진 당신은
어차피 올 수도 없으니까

내 마음 편하려고
긴 세월 혼자 견디며
약속 지켰습니다

나마저 변해서
당신에게 아무도 없게 되면
정말 외로울 테니까

첫사랑이라 의미 부여하지 않더라도
내 마음 편하려고 지켜 준 것입니다

서민선(徐旼璿)을 사랑합니다
당신은 지금도 내 사랑을 믿고 있나요.

## 연인

누구를 만나 떠들며 웃고
데이트하는 게 어렵습니다

사랑하는 사람이 죽고 없는데
어찌 행복하게 살겠습니까

첫사랑이 죽었다고 나 또한
힘들게 살아야 하는 것은 아닌데

죄인이 된 것만 같아
불편한 마음은 천장에 달린
드림 캐처[3]에도 걸러지지 않습니다

생각해 보면 지금껏
많은 연인에게 사랑받았습니다

당신 생각에 아파 거절한 사랑이지만
그저 외롭기만 한 삶은 아니었습니다

---

3) Dream Catcher. 그물과 깃털, 구슬 등으로 장식한 작은 고리. 원래
아메리카 원주민들이 만든 것으로 가지고 있으면 좋은 꿈을 꾸게 해
준다고 여겨진다.

웃고 떠들지 못했을 뿐입니다
그게 여전히 잘 안됩니다

일부러 그러는 건지 모르겠습니다만
외롭지 않은 날이 더 슬픕니다

이번 생에는
다른 인연 맺지 않으려 합니다

전부 끊어 내야겠습니다
얼마 남지 않은 날은 덜 슬펐으면 합니다.

## 이상한 사람

인생이 생각보다 크게 어긋나 있습니다
당신 하나 없다고 그런 것은 아닐 텐데

먼저 말을 걸지 않기로 했습니다
마주치려 하지도 않습니다

어긋나기만 합니다
매번 이상한 사람 취급을 받습니다

잘못한 것도 없는데
무표정이라서 더 그렇답니다

웃고 사는 게 이상하게 느껴지는데
다들 환하게 웃으라고 합니다

웃을 일이 없어도 웃으라고 합니다
그래야 사람 좋아 보인다고 합니다

억지로 웃는 게 어렵습니다
그게 문제라고 한다면 알겠습니다.

# 봄인데

밤바람이 차갑습니다
황사에 눈이 아파 헤매다가

부르는 소리인 것 같아
돌아보면 분명히 누가 있습니다

가까이 가면 물러서고는
다시 손짓하다가
잡힐 듯 말 듯
또 저만치 떨어집니다

눈물이 나는 것은 황사 때문입니다
남들이 쳐다봐도 어쩔 수 없습니다

봄이라서 그런 겁니다
황사 바람 불어 눈물이 납니다

곁에 오기를 내내 기다리다가
새까맣게 타 버린 가슴 안고 돌아오면
그리움만 재가 되어 풀풀댑니다.

## 하얀 나비

사랑하는 사람이 죽어 환생하면
하얀 나비가 되어 온다고 합니다
믿어도 될 말인지는 모릅니다
호랑나비는 제외입니다

하얀 나비는 옆에 한 마리도
온 적 없습니다

아직 환생하지 않았나 봅니다
다행입니다
곁에 머물러 있다면
내 사랑 듬뿍 받고 있으니

6월인데 멀리서도
하얀 나비 한 마리 본 적 없습니다

호랑나비는 온 적 있습니다
어깨 위를 대여섯 번 맴돌다 갔습니다.

# 만날 수 없는 사람

여전히 만날 수 없습니다
날이 궂은 오사카입니다

서민선(徐旼璿) 씨 계신가요
서울에서 당신 보고 싶어 왔습니다

당신은 어디에도 있는데
당신은 어디에도 없네요

도톤보리 한복판에 서 있습니다
눈에 띄는 사람인데 보이시나요

내내 기다리다 돌아갑니다
다시 오겠습니다.

# 3부

21시 23분

# 21시 23분

언젠가 그대 떠날 것을
미리 염려하였기에
가득 채운 커피 마시지 않은 채
떨리는 다리 붙잡고 안절부절못했다

벤치에 손을 짚어 고개 들고
천천히 하늘 바라보면
네온사인에 가려져 안 보이는
별이 무수했다

오늘도 21시 23분
아카시아꽃 달콤한 향 사이로
산미 가득한 커피 몇 모금에
처음부터 별을 세었다

언젠가 그대 떠날 것을
이미 알고 있으므로
옆 벤치 커플 웅성거림에도
모른 척 하염없이 별만 세어 본다

눈물은 보이고 싶지 않은 것이지
곁눈질하는 한숨 소리가
묵직하게 목을 휘감는데

별 보러 온 사내는 그렇게라도
커피 마시는 척을 하는 거다

마주 앉았던 너는 금세 사라졌고
긴 한숨 내쉬니
어느새 집에 돌아갈 시간 되어
뜨거운 커피를 훌쩍 비웠다

눈인사도 없이 커플은 떠나고
22시 01분 간판은 소등되었으며
홀로 남은 사방에는 다시
너로만 가득하다
울고 싶다며 고백했다

당신을 마주했을 때 보였던 별과
어제는 나오지 않았던 달도
내 마음 잘 알고 있다고
반짝거리며 아는 척을 해 주었다

이제는 정말
너에게 돌아가야 할 시간.

## 거짓말

어제는 내게
사랑한다 말하더니
오늘 하나의 사랑 더해져
본 적 없는 바다로 흐른다

티아라 쓴 너는
여전히 같은 거짓말로
약한 나를 유혹하고

그조차 아름다워
아닌 줄 알면서도
쉽게 뿌리칠 수 없었다
그래도 이제는 떠나야 할 때

너의 사랑은 끊기지 않고
오늘의 사랑 둘을 더해
어느 바다에서 흐르겠지만

거짓말은 더 견딜 수 없어
나조차 낯선
시(詩)의 낱말 몇 개 남기며
이별을 전한다

당신마저

상처투성이 내게

거짓말을 하면

정말 그러면

안 되는 거였다.

# 붉은 달

보름달이 붉게 물들어
레드문 되어 오신다기에
한달음에 자리 차지하고
청승맞게 기다렸습니다

다음 주부터 원두가 바뀌어
커피 맛이 달라진다 하시니
산미 진한 스페셜티 한 잔을
아껴 마셨습니다

단 한 번 마주 앉아
당신과 마셨던 스페셜티의
수줍던 향과 맛도
이번 주가 지나면 영영
오지 않을 추억이 되겠네요

곧 가야 할 시간인데
붉은 달님은
오지 않으시네요

집에 가야 할 시간인데
예쁜 당신도
끝내 오지 않으시네요

새벽에는 비가 오려나 봅니다
잔뜩 몰린 구름이 웅성대며
안타깝다고 한참을 내려 봅니다

붉은 달님도
예쁜 당신도
스페셜티 원두마저도
곁에서 흘러 지나가 버리네요

끝내는
전부
곁에서
흘러가게
내버려
두었습니다

내가 어쩔 수 있는 것이
어느 것 하나 없기 때문입니다.

# 향수(Perfume)

혼자 사는 남자 단칸방에
우울한 냄새나 창문을 열었는데

엄지손톱만 한 시커먼 벌레 한 마리
노크도 없이 날아들었습니다

낚아채어 콱 눌러 버리려고 하는데
금세 좁은 방구석을 차지합니다

삶이 허무해서 열었는데
냄새는 무슨
저렇게 애써 방구석을 차지하니
나도 바짝 엎드려 살아야겠습니다

몇 달 만에 나타난 가스 검침원은
혼자 사는 남자 단칸방에 들어와
옅은 미소를 보내 줍니다

어떤 향수를 쓰는지 묻네요
담배 끊기를 잘했습니다
여자 향수를 씁니다
그래야 덜 우울한 것 같습니다

샤넬

조말론

불가리

니콜라이

에르메스

루이비통

신나서 떠드는데
가스레인지 켜는 소리에 말이 끊어졌습니다
더는 묻지 않네요

우리는 다음 계절에 만나기로 했습니다
가스 검침원과 함께 벌레도 나갔습니다

반드시 죽이려고 한 건 아닌데 미안해서
엄지벌레라고 이름 붙여 줬습니다

남자 검침원도 엄지도 다 떠나가네요
그새 창문을 닫아서 다행입니다.

## 치열한 날들

세상이 나를 버린 줄 알았습니다
갈기갈기 조각난 당신
난지도에 내버려 둔 것처럼
그렇게 버려진 줄 알았습니다

스물여섯 해를 더 살아 보니
애초에 나를 품지 않았더군요
그러니 버려질 것도 없었습니다

세상을 내가 품어야겠습니다
누구라도 살려 내고 가야겠습니다

죽어 가는 아이를 살렸습니다
당신을 지키지 못했지만

우간다
에티오피아
케냐
가나
니제르
캄보디아
몽골
인도네시아

이 땅에서도 살렸습니다

당신을 지키지 못했던 한(恨)이 남아
죽어 가는 아이를 살려 냈습니다

당신 몫까지 할 만큼 했습니다
이제 나도 쉴 때가 되었습니다

아직도 이르다 하시면
조금 더 치열해지겠습니다.

## 술병(酒嗽)

꼬박 두 달은
몸이 아파야 낫는 6월입니다

16년 만에 진탕 마셨습니다
아픈 몸에 더해 마셔 병이 났습니다

한 달 넘게 술병으로 앓고 있으니
동거하는 새벽도 나처럼 매일 휘청댑니다

오늘따라 당신이 더 가엽고 쓸쓸합니다
나도 내가 안쓰럽습니다

한동안 마시겠습니다
7월까지만입니다

약속은 지킵니다
알고 계시잖아요

안 된다고 하시면 저는 어찌 견디나요
안 된다고 하시면 저는 어찌 잠드나요.

# 레드 와인(Red Wine)

그녀가 떠나고 맞은편 빈자리에
검붉은 색 텅 빈 와인 병이 늘어 간다

잔에는 슬픔 채우고
외로움 타지 않으려
병째 들고 애써 목으로 넘겨 보지만

와인이 본래 이런 맛이었던가
알코올이 느껴지지 않는 덜 취한 밤이다

그러고 보니 와인을 마셔 본 적 있었던가
묵직한 와인 병 앞에서 당황하고 만다.

## 꿈속에서

당신이 또 다녀갔습니다

하얀 원피스에 머리칼을 늘어뜨리고
침대 끝자락에 불편하게 앉아
슬픈 눈으로 말없이 바라봅니다

선물했던 원피스를 입으셨네요
순백의 안개꽃처럼 환합니다
꽃반지도 끼고 있네요

자살한 아버지와
뇌종양으로 죽은 엄마도 오셨군요

작년 기도에 태워 드린 한복 입으시어
정갈하고 깔끔하니 안심됩니다

특별한 날도 아닌데
가족이 오셨으니
음식을 대접하겠습니다

우리 엄마에게 말했더니
아침 일찍 절에 다녀오셨습니다

바라는 것은 없습니다
당신의 가족에게 안녕을 전합니다

내일 꿈속에
또 오셔도 됩니다.

## 고백

우울증을 앓고 있습니다
공황 장애와 강박증도 있고
가장 힘든 건 대인 기피증

수면제 없이 잠을 이루지 못합니다
잘 웃지도 않습니다

화가 난 것은 아니지만
말없이 가만있으면 다들 피하는데
뭐 그렇습니다

단골 카페에도 손님 많으면
그냥 나와 버립니다

누가 뭐라 한 것도 아닌데
누가 뭐라 한 것 같습니다

남들은 내가 어렵다고 하는데
글쎄 나는 당신들이
무섭고 힘들고 불편하고 괴롭고 두렵습니다
심장은 일없이 두근대니 큰일입니다

커피 사러 가야 하는데
나가지 못하겠습니다

카페인이라도 있어야 조금 나은데
신발을 벗고 신고 몇 번을 그러다
결국
밖에 나가지 못하겠습니다

카페 문 닫을 때쯤 가야겠습니다
라스트 오더 21시 30분

1분이라도 늦으면 마음 불편합니다
커피 머신 일찍 청소하는 날에는
스페셜티를 마시지 못합니다

꼭 그걸 마셔야 하는데
주문도 못하고 눈치만 봅니다
애꿎은 바리스타에게 민폐입니다

서둘러 집을 나서니 21시 23분
밖에서 몇 분 기다리다가
카페 문 닫을 때쯤 가야겠습니다.

## 성북동 빵 공장

모두 떠나고 홀로 남은 벤치에서
오늘의 시(詩)를 쓰고 있노라면
이곳에는 항상 바람이 분다

조금 떨어진 곳에는 숲으로 가득하고
너머에는 도시의 빛 푸르다

언뜻 보이지 않는데
숲을 천천히 바라보면
나무 꼭대기에 매달린 별이
무관하게 행복한 사람들의
크리스마스 장식처럼 빛난다

지금 보고 있는 별은
소멸하고 없는 빛이겠지만
숨 쉬듯 저리 반짝이는데
정말 사라지고 없는 걸까

내 눈앞에 보이는데 소멸한 별
이미 죽었어도 매일 만나는 너

어쩌면 그 별은 상처 입은 우리
모두의 빛을 머금고 갔는지 모른다

시(詩)를 쓰고 너를 생각하다 허기져
고소한 얼그레이 쿠키 한 입 깨물면
감싸 주던 바람 이내 물러가니

차마 행복했던 시간이었기에
안녕
오늘도 애썼어
고마운 마음에 인사 건네면

어김없이 성북동 빵 공장의 바리스타
퇴근하는 발걸음 소리 가볍게 들린다

이제는 나도 너에게 돌아가야 할 시간.

# 오늘의 시(詩)

사무침
이것밖에는 생각이 나질 않습니다

당신께만 품은 내 사랑
표현할 수 있는 방법
아무것도 없습니다

이거라도 받아 주시겠습니까.

# 생각

하지 않으려고 애쓰지만
결국엔 생각해야 결론이 난다

그러나
같은 생각
끝이 없어

결론 못 낸
당신 생각

매일
알람 시간
머문 자리에서

26년째
도돌이표.

# 가장 슬픈 것

인생에서 가장 견디기 어려운 건
슬픈 일이 반복되는 것

소중한 사람
어렵게 온 사랑

다가온 모든 게
귀한 줄 아는데
반복되어 잃는 게 슬픕니다

그보다 괴로운 건
돌아가는 사정을 뻔히 알면서도
어쩌지 못하고
무기력하게 보내야 하는 것

지켜줄 수 있을 때가
이제는 되었는데

오지 않는 사람
오지 못할 사랑.

# 속마음

마음이 찢어진다
당신도
나도
누구라도 그러했겠지

그런데
이제
그만 나를
놓아 주지 않을래.

## 토론

첫사랑은 이루어지지 않는다
라는
드라마에 나오는 말

사실인지
당장 만나서
해답을 찾아보려 했지만

토론할 사람 하나 없어
혼자 26년 관찰해 봤는데

각자 사연이 다를 뿐
끝내
첫사랑은 이루어지지 않더라.

## 보내야 할 때

그곳에서
팔다리
온전하게는 있는지

터질 듯
숨이 꽉 찬 풍선처럼
어쩌지도 못하고
떠다니며

내내
어두운 곳
헤매는 건 아닌지

겁도 많은데
안쓰러워
어쩌나.

# 어두운 사람

어두운 사연 가진 사람 같다고
만나는 이들 오해합니다

따지고 보면 별말도 안 했는데
그 몇 마디가 다 슬프게 들립니다

당신의 애틋하고 기나긴 사연
붙잡고 들어 달라 할 수 없으니

어두운 사람 되는 게
차라리 속이라도 편합니다.

# 무사(武士)

날카롭게 빛나는 武士의 눈을 가졌지만
좋은 사람 알아보는 건
포도막염 걸린 시뻘건 눈깔

그렇게 오래
속고
또
당해도

온전한 내 편을
알아본 적 없다

그만
빛나는 칼은 거두고
펜을 들어야 할 때.

## 아멘

비 온 뒤라 그런지요
마음을 아랑곳하지 않는 듯
바람의 결은 쓸데없이 맑습니다

옅은 비구름에 가려 별은 있는 듯 없는데
초승달은 꼬리가 날카롭게 휘어져
색조 화장 짙게 한 당신 눈처럼 빛납니다

매일 밤 마주 보던
아카시아꽃이 떨어졌습니다

태풍도 아니었는데 이틀간 내린 비에
하얀 꽃은 힘없이
바닥에 널브러졌습니다

휑한 나무 사이로 예쁜 빛이
반짝이며 한숨을 내뱉습니다

어느 관저 앞 가로등인가 싶었는데
깜빡깜빡 빛이 나 다시 보니

당신이 앉아 있던 자리
꽃에 가려져 보이지 않던

교회 십자가

찬란한 빛이 나무 사이로 흔들리며
매일 밤 혼자 애쓴다고
귀엣말로 낮게 속삭입니다

더는 길이 없어 가지 못하였는데
환한 빛으로 이끌어 주시며
눈물 나게 위로를 해 줍니다

그분은 어디에도 계시고
어디에서든 나를 보는데

당신은 어디에도 없고
어디에서든 나를 찾지 않네요

아멘.

# 나무 관세음보살

26년을 기도했는데 잘한 것인지
정답이 있기나 한지 모르겠습니다
누구라도 지겹다 할 만큼 기도했습니다

천도는 몇 번을 더 해야 합니까 도대체
그만할 때도 되었습니다

정성이 부족하다고 하지는 마세요
이제 그 말도 지겹습니다
26년입니다

그러니
나의 첫사랑 예쁜 서민선
둘째 사랑 애틋한 김성희

부디 좋은 곳에 다시
태어나지도 않게
극락왕생할 수 있도록 해 주세요

환생했다면 아니 다음 생에라도
사랑 듬뿍 받으며 행복하게 살도록

스치는 장미 가시에도 찔리지 않게
병(病) 하나 없이 건강하게 장수하며

하고 싶은 거 원 없이 할 수 있는
큰 부자로 평생 잘살게 해 주세요

저는 어찌 되어도 괜찮습니다
지옥에 간다고 해도
알아서 감당할 테니
불쌍한 그녀들 잘 보살펴 주세요

긴 세월 해 놓은 기도가 있으니
부정하고 싶지는 않습니다만

제 기도 들어주지 않으신다면
온 생에 걸쳐 진심으로 욕하겠습니다

그리고 당당히 지옥 가겠습니다
거기서도 벌 받으며 찰지게 욕하겠습니다

나무 관세음보살.

# 4부

세상의 끝, 6월 29일

# 세상의 끝, 6월 29일

6월 29일이 아니어도
굳이 너를 잊을 수가 없더라

가슴 아픈 사고는 매일 생겨나서
잠시라도 잊을 수가 없더라

기이한 사건은 또 다른 이의
기구한 사연을 만들어 내고

첫사랑을 잊지 못하는 나처럼
누구의 사랑도 그러하겠지

이맘때가 아니어도
절대 잊을 수가 없게 하더라

그리하여 세상의 모든 사연은
6월 29일을 기억하게 만들어

어쩌면 내 세상의 끝도
6월 29일이 될지 모를 일이다.

# 꽃차

매일 저녁 9시 뉴스 보며
맛있는 식사를 하고서
꽃차를 마시자고
나는 사이펀[4]으로 내린 콜롬비아 커피

둘만의 머그잔을 만들자고 했는데
떠난 당신을 위해
도자기 공방에 다니며
우리만의 머그잔을 만들었어

깨트리고 없지만
다시 만들 수 있으니 걱정하지 말아

아버지 없이 불안하게 살며
안정감이 필요했을 거야
퇴근 후에 가족이 모여 꽃차를 마시고
평범하게 사는 것을 꿈꿨지

---

4)  Siphon. 액체를 용기 속의 액면보다 낮은 위치로 옮기기 위해 액체
    를 한 단 높여서 밖으로 유도되게 구부린 관으로 연통관(連通管)의 일
    종이다. 사이펀 커피는 1840년 스코틀랜드에서 개발됐다. 서구에서
    는 별 관심을 받지 못하다가 일본에서 인기를 얻으며 기사회생했다.

결혼하면 엄마와 함께 살자고
스치듯 했던 한마디에
기대어 펑펑 울던 당신을 기억한다

신혼여행으로 일본 오사카에 가자고
그때는 묻지 못했는데
왜 오사카였을까

그래 벚꽃
예쁜 당신 얼굴 닮은
하얀 벚꽃이 아름다운 곳
꽃차를 좋아하는 당신

그 생각을 떠올리고 난 뒤
오사카로 여행을 가고

선물하고 싶은 꽃차가 있을 때도
오사카에 간다

언제든
당신 만나러
벚꽃을 보러
꽃차를 사러
오사카에 간다

하지만 나는
여전히 꽃차를 마시지 못한다.

# 다시, 세상의 끝 6월 29일

당신 떠나고 26년 세월
누구도 사랑하지 않았다

이제야 마음을 주고 싶은
사람 하나 겨우 생겼는데

애인 있는 사람이라고 하더라
거짓말인 줄 알면서도 좋았다

마음 불편하게 만들지 않고
아무것도 바라지 않을 테니
사랑만 받아 달라고 했는데

생일이 6월 29일이라고 하더라
차마 그녀 얼굴을 볼 수 없었다

당신 잘못도 아니고
그녀 잘못도 아니며
나의 잘못도 아닌데
그렇게 되어 버렸다

집으로 돌아오는 길에
한참을 거리에 서서

스무 살 그때처럼
소리 내 울어 버리고 말았다

끝내 사랑은 안 되는가 보다.

# 돌

내 마음은 자갈밭
각양각색 돌 가득

어제는 비에 씻기어
금세 사라진 모래성

어느 날은 바위였다
어떤 날엔 돌무더기

오늘은 외딴섬의
하염없는 망부석

왼쪽 어깨 위에 첫째 바위 서민선.
오른 어깨 위에 둘째 바위 김성희.

내 청춘은 이러했습니다

다음 생은 모를 일이지만
우리 만나지 맙시다

지독하리만큼 사랑했으니
그걸로 되었습니다

비록 잿빛투성이지만
후회는 없습니다


2021년 6월 29일

서민선(徐旼璿)의 첫사랑 안성훈 씀.

## 시리게 아름다운 시집을 기다립니다.

작가 오도엽

먹먹하다.

시커멓게 타 버려 숯덩이가 된 가슴에 스무 살 서민선을 품고 살아온 26년.

1995년 6월 29일, 삼풍백화점 붕괴와 함께 옴짝달싹하지 않고 멈춘 시계 앞에서 밤마다 쓴 연서. 타 버린 심장 깊숙한 곳에 샘이 있었다니!

두레박을 내려 길어 올리니 설운 눈물이 시로 빚어졌다. 한 편 또 한 편, 불편함이 밀려와 순간순간 책장을 넘길 수 없었다.

첫사랑을 떠나보낼 수도 그렇다고 꼭 껴안을 수도 없는 지독히 시리고 아린 사랑. 피하려 해도 피할 수 없는 시어들.

마지막 한 편까지 시집을 덮지 못하게 한다.
먹먹함이 불편함으로 밀려오더니 끝내는 아름다움으로 피어났다.

잊힌 이름 서민선, 오늘 별처럼 초롱초롱한 시로 세상에 다시 태어났다.

그 곁에 모질고 모진 인연을 이어 온 시인이 있다. 세상에 단 한 사람밖에 쓸 수 없는 이야기를 또박또박 새긴 시인이 소중하고 고맙다.

오도엽 작가 저서

『내 아버지들의 자서전』 한빛비즈
『속 시원한 글쓰기』 한겨레출판사
『지겹도록 고마운 사람들아』 후마니타스
『종태』 민중의소리
『서른, 그후』 해방역
『밥과 장미』 삶이보이는창
『그리고 여섯 해 지나 만나다』 실천문학사

재즈 보컬리스트 박하경

이 시집을 읽으며 마음 깊이 묻어 두었던 기억,
천국과 지옥이 공존하는
사랑의 힘에 대해 다시금 느끼게 되었다.

이 느낌 역시 참 행복하고 우울하다.

/

*Just remember to love insanely*

*and infinitely.*

이 책의 인세는
2008년부터 정기 후원 중인

월드비전, 유니세프,
굿네이버스, 세이브더칠드런

네 개의 NGO에 나누어
국내 위기 아동을 위한 지원 사업에

서민선(徐旼璿)
이름으로 전액 기부합니다.

# 세상의 끝, 6월 29일

**1판 1쇄 발행** 2021년 8월 6일

**지은이** 안성훈

**교정** 주현강
**편집** 이정노

**펴낸곳** 하움출판사
**펴낸이** 문현광

**주소** 전라북도 군산시 수송로 315 하움출판사
**이메일** haum1000@naver.com   **홈페이지** haum.kr

**ISBN** 979-11-6440-629-6

좋은 책을 만들겠습니다.
하움출판사는 독자 여러분의 의견에 항상 귀 기울이고 있습니다.